www.ingramcontent.com/pod-product-compliance
Ingram Content Group UK Ltd.
Pitfield, Milton Keynes, MK11 3LW, UK
UKHW021651190726
13853UKWH00001B/196

حلم العودة

حلم العودة

تأليف

ناهد يوسف الحسن

فهرسة مكتبة الملك فهد الوطنية أثناء النشر
يوسف، ناهد حسن
حلم العودة./ ناهد حسن يوسف. - الرياض، ١٤٢٨هـ
٧٨ص؛ ١٤ × ٢١سم
ردمك: ٩-١٥٠-٥٤-٩٩٦٠
١- القصص القصيرة العربية - السعودية أ- العنوان
ديوي ٨١٣,٠١٩٥٣١ ٢٧ /١٤٢٨

رقم الإيداع: ٢٧ /١٤٢٨
ردمك: ٩-١٥٠-٥٤-٩٩٦٠

الطبعة الأولى

١٤٢٨هـ/ ٢٠٠٧م

الناشر
شركة العبيكان للأبحاث والتطوير
الرياض - شارع العليا العام - جنوب برج المملكة
هاتف ٢٩٣٧٥٧٤ /٢٩٣٧٥٨١ فاكس ٢٩٣٧٥٨٨
ص. ب ٦٧٦٢٢ الرمز ١١٥١٧

امتياز التوزيع
شركة مكتبة العبيكان
الرياض - العليا - تقاطع طريق الملك فهد مع العروبة
هاتف ٤١٦٠٠١٨ /٤٦٥٤٤٢٤ فاكس ٤٥٦٠١٢٩
ص. ب ٦٢٨٠٧ الرمز ١١٥٩٥

إهداء

- لمن زرع زهرة واعتنى بها ولم ينتظر الجزاء.
- لمن أضاع شمعة وابتهج بالنور الذي ترسله للجميع.
- لكل المحبين والعاملين بإخلاص.

ناهد

Njeneen@hotmail.com

قيم عربية

السكون يلف المكان بشكل غريب الليلة، فيما اعتاد الجميع على سماع أصوات مدوية لهدير الطائرات وصليل الدبابات المجنزرة. العتمة تلقي بردائها لتحجب ما بقي من ضوء خافت نسيته الشمس بعد رحيلها.

اختار الجميع الاستسلام للنوم الذي بدأ يداعب جفونهم . وحده لا يحس بالنعاس، بل يحس بقلق ورهبة. هذه البلاد، لم تعد آمنة كما عهدناها منذ طفولتنا، بعد وفاة أبي فالمسؤولية كلها تقع على عاتقي.. فعلاً حمل الوالدين ثقيل.

أصوات مزعجة وضجة عالية في الخارج.. أصوات سيارات تقترب، فعلا لا ينامون ولا يدعون أحدا ينام، الأصوات تعلو.. تمتزج بأصواتهم الكريهة التي لا أفهم منها شيئا. الضجة تعلو وتقترب، اللهم ادفع عنا أذاهم، طرقات شديدة على الباب، لا ينتظرون فالباب يُفتح بركلات من أرجلهم. ما زالوا يتحدثون بلغتهم الأعجمية، كشافاتهم معهم، أضاؤوا الظلام بها وأظلموا حياتنا بمجيئهم. أنت هيا قم، هاهم أمامي بكل ما يحملون من سواد أفعالهم وقذارة وجودهم. كم أكره هذه الوجوه. قم يا حيوان. لا يعرفون سوى الشتائم والأذى، رجلاي بالكاد تستطيعان حملي. استيقظت أمي وأختي على الضجة

التي يحدثونها. ماذا تريدون؟ صرخت أمي وهي ترتب خمارها، لم نفعل شيئا. بدؤوا بالبحث وتقليب كل محتويات المنزل، عمَّ يبحثون؟ قذارتهم تدعوهم للبحث والتخريب، لصوص وقتلة، ماذا عساهم يجدون في هذا البيت المعدم؟ بحثوا في كل جهة.. قلبوا البيت رأساً على عقب. الوالدة تصرخ فيهم: ما عندنا شيء، ما الذي تريدونه؟ ويضربها أحدهم بكعب بندقيته، فتسقط على الأرض: اسكت أنت ونظرات الحقد تتجه صوبي.. اتركوا أمي وخذوني إن شئتم. نظرات لئيمة تتحول إلى فاطمة التي تضع حجابها وترقبهم بحذر.

فاطمة أختك يا ولدي، حافظ عليها. أختك شرفك وعرضك.

صور كثيرة تمر أمام مخيلتي، وأنا ألعب مع أختي الصغيرة وصايا الوالدة بأختي وتمسكي بديني وقيمي.

هؤلاء المحتلون الغاصبون يتجهون صوب فاطمة، يحاول أحدهم نزع حجابها فتضربه بشجاعة. أفلت من أيديهم لأقف أمامها، خذوني واتركوا أختي. والدتي تصرخ وصوت بكائها يسبقها.. خذوه واتركوا فاطمة، لكنهم لا يسمعون. يُنزع حجاب أختي التي تصرخ، أحاول إبعادهم، اترك أختي يا كلب. اخرس أنت.. يطلق رصاصة حقد من بندقيته النجسة، فاطمة تصرخ وتحاول مقاومتهم، وأمي تقاتل وتدافع عنها، رصاصة أخرى تستقر في صدر أمي، تصرخ.. تصيح.. ثم تسكت.

ما أزال أسمع صوت فاطمة، اعذريني يا أختي، رصاص غدرهم لا يدع لي مجالا للحركة، أمي شهيدة لتحافظي على فاطمة.

فاطمة ليست مجرد أختي، هي كل ما لدينا من شرف وعزة وكرامة. لم يتركوا لنا شيئاً من كرامة، دنسوا كل طهر، واستحلوا كل شريف.

لك الله يا فاطمة، صراخك يصم أذني، ولكن لا شيء فيَّ يمكنه الحركة، بالكاد أسمع صوتك.. صوتك يخبو ويخبو.. ويغيب أم أنني أرحل.. وأرحل.. اللهم عجل برحيلهم عن ديارنا.

زوجة أبي

لطالما كنت أخشى الموت وأحس بالرهبة والخوف لذكره، ليس لشيء إلا لأنه غيّب في ظلماته أحب إنسانة عندي. خطف أمي من أمامي. كنتُ قد أكملت الرابعة من عمري وبدأتُ أخطو في شهور الخامسة، كنت أرقبها وهي تعمل في المطبخ رائحة وغادية. وفجأة استحالت كرة من نار، لم أدرِ كيف بدأت النيران تلتهم جسدها وتلتصق بها؟ ولا أدري كيف عرف الجيران الذين حضروا فزعين؟ لم يكن والدي في المنزل. أراها ترقد في المستشفى يغطيها الشاش الأبيض فلا يكاد يظهر منها سوى عينيها، فقد أتت النيران على كل شيء فيها.

ثم تظهر زوجة أبي، شابة في العشرين من عمرها، تجمع شتاتنا أنا وأخواتي وأخي الكبير بعد تفرقنا عند أصحاب أبي ومعارفه، كل طفل في بيت. كنا خمسة أطفال أكبرهم في السادسة من عمرهُ لم يكن يفصل بين الطفل والآخر سوى سنة أو أكثر بأشهر. كثيراً ما كنت أذكر أمي، أنا وأخي الأكبر ونشرع في البكاء. كان يلف ذراعيه الصغيرتين حولي يواسيني بكلماته.. يكفي يا أختي، رحمها الله تعالى. وتلتقي دموعنا ساخنة تلهب وجهينا الصغيرين. كنت قد عشقت البكاء؛ لأنه يذكرني بأمي، فلا أنام قبل أن أبلل وسادتي بدموعي.

أرى زوجة أبي وهي تحمل أختي الصغرى ذات الأشهر الستة ثم أراها تمسك بيدها وهي تخطو خطواتها الأولى.

لا أذكر كثيراً من القسوة لزوجة أبي، ولكنني أذكر لها الكثير من الحسنات و المواقف الحانية.

تعوَّدنا أن نناديها «ماما» لا أدري هل هي طلبت منا ذلك أم فعلناه طوعا؟ كي نخفف من ألم فراق أمنا ولنشعر أنفسنا بوجود من يرعانا ويهتم بنا كأمنا.

كنا نحس بالضيق والغضب تجاه من يقول: هذه خالتكم، فنقول: هي أمنا ونسرع إليها قائلين: جارتك هذه لا نحبها، تقول عنك خالتنا. أنت أمنا، أليس كذلك؟ وكنت أسمعها تقول: لا تجرحي مشاعر البنات، فقد تعودن مناداتي «ماما».

تعهدتنا بالتربية والتعليم منذ الصغر. تعلمت منها الرسم والحياكة وشغل الكروشيه والصوف والتطريز. فقد كانت تخيط الملابس لنساء الحي والصديقات مقابل أجر مادي، وكنت أقوم بجمع قطع الفستان المقصوص وأثبتها بغرزة السراجة حسب تعليماتها ويكون الفستان جاهزاً للقياس، بعدها تقوم أمي بإنهائه بواسطة الماكينة. كنت مسرورة بمساعدتي لها، وفخورة بنفسي وبإتقاني التطريز والخياطة، وقد أحسست بالزهو وأنا أقوم بعمل إحدى الغرز التي لم تستطع بنت الجيران عملها لتقدمها للمدرسة باسمها مع أنها تكبرني بالعمر وبسنوات الدراسة. وتوجت فخري وسعادتي بتطريز وجه لوسادتي وأنا في الصف السادس.

تعلمت منها التدين وأمور النظافة والطهارة والكثير من الأكلات الشامية اللذيذة التي لم تكن تأخذ وقتاً طويلاً بإعدادها، وكنت أساعدها بكل سرور واعتزاز بنفسي. تعلمت منها الأخلاق الفاضلة، لا أكذب ولا أظلم أحداً، أراعي مشاعر الآخرين وأحب لهم ما أحب لنفسي.

تعلمت منها عزة النفس والثقة بها وعدم الخوف إلا من الله تعالى. والبعد عن مواطن الشبهات ومصادقة الصالحات وصحبتهن. لم تكن تدعني أذهب لزيارة صديقتي بمفردي، كانت تذهب معي بالرغم من مشاغلها لتتعرف على أم صديقتي وليطمئن قلبها عليَّ، فأنا أمانة عندها كما تقول.

لقد كانت مُدَرِّسَةً في كل شيء مع أنها لم تكمل دراستها، كنت أشعر بقمة السعادة وهي تقول لي «الله يرضى عليك يا ابنتي».

أذكر أنها كانت تقوم بغسل شعري الطويل بنفسها ثم تدعني أكمل حمامي بعد أن أصبحت أخجل من قيامها بحمامي كاملاً.

لقد زاد شعوري بفضلها الآن بعد أن أصبحت أماً لعدد من الأبناء والبنات، فلم يكن لديها الوقت لتشعرنا جميعاً بالحنان الذي نريده. كنا خمسة وأنجبت هي ستة من الإخوان والأخوات. لقد كانت حنونة، ورقيقة، ودافئة، وشعلة من الحياة والحب والخبرة، فلا عجب أن نطلب الأكثر من هذه الشعلة ونرغب بالمزيد من الحب والحنان معاً.

لا أنسى وجهها المضيء تبلله الدموع وهي تمسك بيدي وتشد من عزيمتي، وأنا أقاسي آلام ولادة طفلي الأول، ثم تقوم بحمامه الأول وإلباسه ملابسه بعد وضع البودرة على جسده الرقيق.

جزاها الله عني وعن إخوتي خير الجزاء، وحفظها وجعل مأواها الجنة ومرافقة النبي محمد ﷺ وزوجته خديجة التي تحمل اسمها.

حاولت قتل ابنتي

أنعم الله على ليلى بثلاثة من الأبناء وثلاثة من البنات. ولم يكن يفصل بين كل اثنين منهم سوى سنتين أو أقل، فهي لا تذكر نفسها منذ تزوجت إلا حاملاً أو مرضعاً. حاولتْ مساعدة زوجها بالمساهمة معه براتبها الذي تتقاضاه من التدريس، فدخل زوجها -موظف الحكومة- لم يكن يكفيهم حتى آخر الشهر، ولا يفي بمتطلبات عائلته التي بدأت تكبر وتزداد طلباتها لاسيما بعد دخول الأبناء المدارس وكثرة طلبات المعلمين والمعلمات، فاختفت كماليات كثيرة من حياتهم وأصبحت بعض الضروريات من الكماليات التي لا يستطيع الوالدان تأمينها للعائلة فاستغنوا عنها.

أحست ليلى بالحيرة والقلق فهي مضطرة للبقاء في عملها لأجل الراتب الذي ينعشها وأسرتها قليلاً، في حين أن واجباتها تتزايد يومياً تجاه عائلتها الكبيرة، ومن تدريس الأبناء والقيام بتربيتهم وتوجيههم والعناية بشؤونهم والقيام بحق زوجها وواجباتها تجاه الجميع. مما أثقل كاهلها في ظل غربتها عن بلادها وأهلها، فلم تجد معيناً لها غير الله تعالى. فاضطرت لترك التدريس والتفرغ لبيتها وزوجها وأولادها. ونسيت ليلى نفسها أو تناستها، وأهملت صحتها وتغذيتها فكانت تشعر دائماً بالتعب والدوار، فقد كان سعيها الدائم مع زوجها لتوفير المقومات الأساسية للحياة والغذاء الضروري فقط للأسرة شغلها وهمها الدائم.

فاختفت الفواكه من قائمة المشتروات، وتقلصت كمية اللحوم المشتراة شهرياً. ولم يكن من الضروري شراء ملابس جديدة في الأعياد، وليس من المهم حضور المناسبات والأفراح التي يدعون إليها، فمن السهل التعذر لأصحابها عن عدم الحضور.

وذات يوم شعرت ليلى بتعب شديد فذهبت إلى الطبيبة العامة، فلم يكن من الضروري الذهاب للطبيبة النسائية المختصة.

وبعد المعاينة عرفت ليلى أنها حامل كما بشرتها الطبيبة التي وقفت مستغربة من بكاء ليلى الشديد معتقدة أنها دموع الفرح بالقادم الجديد.

عادت ليلى إلى بيتها واجمة حزينة لا تكاد تبصر أمامها، فهي لا تملك الاعتراض على حكم الله، ولكنها لا تستطيع العناية بمزيد من الأبناء. ولا الاقتصاد أكثر في النفقات لتأمين تغذية مناسبة لها وللمولود بعد قدومه.

أصبحت شاردة الذهن، مشتتة التفكير. بل لا تكاد تعقل ما تقوله أو تسمعه. فقد سيطر همُّ حملها على تفكيرها وشل حركتها، بل وأطفأ ابتسامتها وأسهر ليلها. وبعد تفكير قررت كارهة التخلص من الجنين الذي لم يكمل الشهر الأول، فلن يحتمل جسمها المنهك حملاً وميلاداً جديدا، ولا يوجد في قائمة النفقات الشهرية متسع لبند جديداً. وأفصحت لزوجها عن رغبتها تلك، فحاول منعها وذكّرها بالخوف من الله تعالى، وهو لن يضيّع عباده. وسيتولاها وحملها برحمته وعنايته. لكن حالها من السهر وعدم الأكل والبكاء الدائم

وقلقها من أن يكون بالجنين عيب أو تشوه، فهي تأخذ الدواء دون علمها بالحمل. كل ذلك جعل زوجها يترك لها حرية ترك الجنين أو التخلص منه. تناولت بعض الأعشاب التي وصفتها لها بعض الصديقات، لكن الحمل ثابت. فقررت السفر لبلادها والتخلص من الجنين حيث إنه ممنوع الإجهاض حيث تقيم.

ودَّعت زوجها وأبناءها وسافرت إلى بلدها، فاشترت الدواء الذي وصف لها من قبل أحد المختصين فهو دواء يستعمل لعلاج بعض الأمراض، ولكن لا ينصح بإعطائه للحامل؛ لأنه يؤدي للإجهاض أو تشوه الجنين وبعد أخذها للدواء شعرت به فص شديد ونزيف حاد. فأحست أن الفرج قريب وستنتهي المحنة. بعد يومين توقف النزيف فذهبت إلى طبيبة نسائية لتطمئنها هل سقط الحمل أم ما زال موجوداً. فأخبرتها الطبيبة أن الحمل موجود وبصحة جيدة. طلبت ليلى من الطبيبة أجراء عملية للتخلص منه، لكن الطبيبة رفضت وذكرتها بحرمة ذلك، وهي لا تعمل مثل هذه العمليات المحرمة. خرجت ليلى من عندها وهي تنوي الذهاب لطبيبة أخرى في اليوم التالي، لكن صديقة لها نصحتها بالاستسلام لأمر الله وعدم المكابرة، فبعد كل محاولاتها لم يسقط الجنين.

قضت ليلتها حزينة باكية راضية بما قسم الله لها، فليس بيدها عمل شيء سوى الرضا والقبول بما أراده الله لها.

سافرت إلى بيتها وحافظت على قيام الليل والدعاء بأن يأتي المولود سليماً، بعد استعمالها للأدوية، وبعد محاولاتها الفاشلة. فكانت تخشى أن يأتي المولود مشوهاً. وبقيت تستغفر ربها من عملها ذاك.

حدّثت قريباته وأخواتها وطلبت منهن الدعاء لها وللمولود القادم.

مرت شهور الحمل بطيئة ثقيلة، محملة بالآلام والتعب والقلق، وكثير من الدعاء والرجاء لله.

استيقظت ليلى ذات صباح وهي تحس بالمغص والأوجاع التي تدل على قرب ولادتها. فتوجهت للمستشفى مع زوجها بعد أن أوصل الأولاد إلى مدارسهم. وبعد معاناتها مدة يومين تمت الولادة، كانت بنتاً جميلة تشبه والدها. تبدو عليها السلامة من العيوب. حمدت الله كثيراً على عطائه الكريم، واستغفرته على ما كان منها، وأسمتها هبة.

حاولت أن تصدر أصواتاً لترى هل الطفلة تسمع، وتفحصت عينيها، هل ترى. وأخذتها إلى طبيب الأطفال ليفحصها، فأكد لها أنها طبيعية وسليمة.

انتبهت ليلى من تفكيرها على صوت ابنتها هبة، أمي ألم تسمعي الأذان؟ هيا نصلي معاً.

استغفرت ليلى ربها وقبّلت ابنتها وقامت معها لتتوضأ وتصلي وتحمده تعالى على نعمه التي لا تحصى.

رسالة إلى أبي

سلام الله ورحمته وبركاته عليك يا أبي:

رحلت باكراً يا أبي، وتركت خلفك صبية وأطفالاً وزوجة تحمل جنيناً رأى النور بعد رحيلك بشهرين، وقد أسميناها كما أوصيت.

أخبرتنا أنك كنت تقود السيارة ولم تكمل ستة عشر عاماً من عمرك، ولم يسبق أن حدث معك أي حادث مروري، أو تعرضت لأي مخالفة، فقد أمضيت عمرك تصلح السيارات. وكانت لك عدة محلات تصليح خاصة بك، تشرف على العاملين فيها. فقد كنت معلماً في صنعتك، ولكن شاء الله أن تموت بحادث مروع نتيجة تسابق الحافلات في الطريق العام والتجاوز الخاطئ لهم، مما أدى لاصطدام الحافلة المتجاوزة بسيارتك الصغيرة وتوقفها فوقها، فلم يكن بالإمكان إخراجك منها إلا بعد رجوع الحافلة للخلف. فكانت السيارة مطبقة عليك بالكامل، إذ تمّ نزع السقف وإبعاد الأجزاء الأمامية لتخليصك منها. فلم يُستصلح من السيارة المهشمة أي قطعة، ولم يكن فيك جزء إلا وفيه كسور، من الجمجمة إلى الرقبة والعمود الفقري والقفص الصدري واليدين والذراعين والرجلين والقدمين.

لم يسمح لأحد من عائلتك بالنظر إليك نظرة الوداع، وسعتك رحمة ربي وغفرانه.

مازلت قدوتي في حب العلم والكفاح لأجله، لا زلت أذكر القصص التي كنت تحكيها عن معاناتك في التعليم في القرية المجاورة لقريتك. تذهب للمدرسة ماشياً وتعود ماشياً لتساعد والدك في أعمال الزراعة، وفي المساء تجتمع الأسرة كلها في غرفة واحدة على ضوء خافت لانعدام الكهرباء، فتقوم بإتمام دروسك في تلك الظروف مع قلة الموارد لشراء الملابس أو اللوازم المدرسية، وكافحت حتى نلت الشهادة الثانوية.

كثيراً ما كنت تتحداني في الشعر ومن قائله، وفي المسائل الرياضية الصعبة التي كنتُ أحلها بفضل الله تعالى ثم بفضل حرصي على تعلم كل جديد، واجتهادي في مدرستي وقراءتي للكتب الخارجية.

بقيت سنيناً أذكر بيتين من شعر طويل كنت تردده، لم أتمكن من حفظه كاملاً. تمنيت لو أنني كتبته قبل وفاتك. بحثت عمن يحفظ باقي القصيدة فلم أجد أحداً.

اليوم قلت لولدي صهيب. حفيدك الوحيد الذي قدر لك رؤيته قبل وفاتك.لم يكن قد أكمل الشهر الأول عندما انتقلت به مع زوجي إلى بلد آخر، وكان هذا آخر عهدنا بك. ولدي صهيب أكمل عامه السادس عشر وهو مولع جداً بالحاسب الآلي وبتصميم البرامج والمواقع، يمضي وقتاً طويلاً أمام شاشته يتعلم ويبحث ويلعب. قلت له اليوم أن يبحث لي في هذا الجهاز عن باقي القصيدة التي أحفظ منها:

هو الكون حي يحب الحياة ... ويكره الميت المندثر

ومن لم يرقه صعود الجبال ... يعش أبد الدهر بين الحفر

مرت دقيقة أو دقيقتين فقط ثم قال لي: هاهي القصيدة يا أمي، قصيدة إرادة للشاعر التونسي «أبو القاسم الشابي» والتي تبدأ بقوله:

إذا الشعب يوما أراد الحياة فلا بد أن يستجيب القدر

ولا بد لليل أن ينجلي ولا بد للقيد أن ينكسر

فقمت إليه أقبله وأثني عليه، وأنا سعيدة لأنه حقق لي طلباً طالما كنت أسعى إليه، وفخورة به وبمعرفته استعمال الحاسوب فيما يعود بالنفع.

اليوم يا أبي تقدَّم العلم كثيراً، لم يعد من الصعب معرفة من قائل قصيدة ما، أو من مخترع جهاز ما أو البحث عن نظرية أو معلومة. يكفي أن تكتب كلمة واحدة عن الموضوع، فتأتيك جميع المعلومات المتعلقة بها. وإذا كتبت كلمة من القرآن الكريم فإنك في أقل من دقيقة ستعرف في أي سورة هي، ورقم الآية التي وردت بها وكم مرة تكررت في القرآن الكريم وسبب نزول الآية وغير ذلك الكثير.

الحصول على المعلومات أصبح سهلاً. بل يمكن متابعة الدراسة عن طريق الإنترنت والحصول على أعلى الدرجات.

أعلمك يا أبي أنني تابعت دراستي الجامعية وحصلت على درجة البكالوريوس مع أنني أم لستة أطفال أكبرهم صهيب، لكن حب العلم يسري في دمي، فلم أعرف الكسل، وربيت أبنائي على حب القراءة والمعرفة، فهم الأوائل دائماً في دراستهم. أدعولك بالرحمة والمغفرة وأن يجمعني بك الله في مستقر رحمته.

والسلام عليك ورحمة الله وبركاته.

حلم العودة

باتجاه الشرق يغذّون السير أفواجاً وجماعات، يمشون بخطا تسرع تارة هرباً مما رأوه وعانوا منه ثم تبطئ تارة أخرى.. باتجاه المجهول الذي لا يعرفوه.

عبروا فوق جسر الحسين ليودعوا آمالهم وأحلامهم وأهاليهم وأراضيهم... بل وأنفسهم.

أرواحهم ما تزال هناك، تعانق الأحبة، تهفو لبساتين الزيتون والبرتقال والرمان، تودع كروم العنب.

بين تلك الآلاف العابرة.. زينب وزوجها وطفلاها، لم تكمل الثلاثين بعد، ودعت أباها وأمها وإخوتها واختارت مرافقة زوجها.. والرحيل.

في بيت أهلها وضعت أثاث منزلها المتواضع، خزانة وسرير وبعض الملابس التي لم تستطع حملها.

دموع والدتها تمر بخاطرها، فلا تزال تحس حرارة دموع الوداع، وصوت والدها يرن في أذنها: «المكتوب ليس منه مهروب».. ما يحصل للناس.. يحصل لكم.

إننا عائدون يا أبي.. أمام زينب يسير طفلها الذي لم يكمل عامه الثاني بعد، وبين يديها تحمل طفلتها في الشهر السادس من عمرها.. وزوجها يحمل متاعهم، حملوا ما خف حمله ومشوا ترفعهم النجاد وتحطهم الوهاد.

مشوا في النهار.. ومشوا في الليل.

قلّ الماء، وقلّ حليب الأمهات، عطش الكبار، وبكى الصغار من التعب والجوع والعطش.

تشققت الشفاه والأيدي.. وتشققت الأقدام. ساروا ومضوا قدماً لأنهم عائدون منصورون بإذن الله، ثم بمساعدة إخوانهم.

وصلوا إلى الخيام التي أُعدت لهم في الأردن. تركوا بيوتهم وأثاثهم وأراضيهم ليجلسَ العشرات في خيمة واحدة، وبعضهم أمام الخيام.

الكل توقع موت الرضيعة ضياء، فلم يبقَ شيء ترضعه، ولم تتحمل مشقة السفر الطويل في هذا الحر، وأصيبت بالحمى هي وأخوها كفاح. بكت زينب، لم تكن تدري هل تبكي لأجل ابنتها التي بدا أنها تعيش لحظاتها الأخيرة أم هل تبكي لعذاب زوجها وابنها وتعبهم، أم هل تبكي لفراق أهلها وديارها وما آلوا إليه في المخيمات؟.

مكثوا وقتاً طويلاً يعيشون على المساعدات المقدمة من المنظمات الإنسانية الدولية وممن قدر على المساعدة.

ثم تفرقوا في كل قرية ومدينة، يبحثون عن العمل وعن حياة أفضل بعد أن طال انتظارهم للعودة، وبعد سماع أنباء الهزيمة تلو الهزيمة تحيط بمن يرجون النصر.

انتقلت مع زوجها إلى الشمال، وبَعُدَتْ المسافة وتضاءل حلم العودة، وزاد الشوق والحنين.

وجد أبو كفاح عملاً بسيطاً يعيل به عائلته التي بدأت تكبر بعد أن رزق بثلاث بنات أخريات.

ثم ساءت الأحوال السياسية وانتقل الكثيرون إلى سوريا، وبعضهم منها إلى لبنان.

زادت المسافة وزادت الآلام، آلام الشوق، وآلام الفراق، وآلام الندم، سكنت زينب مع عائلتها في وسط سورية. وبحث الزوج عن عمل بسيط هناك.

عاشوا دون أثاث يذكر، ناموا على الحصير وسكنوا الغرف الصغيرة، واستمرت المساعدات الإنسانية تهطل عليهم أحيانا.

ذات ليلة رأت زينب أنها تسير في أرضها وسط أشجار الزيتون والمشمش واللوز والخوخ، وكروم العنب تتدلى ناضجة حلوة، ورأت أمها تقطف أوراق العنب الطرية لتقوم بطبخها. ورأت والدها يقطف ثمار المشمش ويرعى أشجار التين الذي لم ينضج بعد، ورأت نفسها وعائلتها تسير بين الأشجار.

عندما استيقظت كانت مسرورة برؤية الأرض والأهل ولو في المنام.

قصت على زوجها ما رأته في منامها. فقال لها: تفاءلي خيراً إن شاء الله. قالت زينب: اشتقت لبلادي، ولأمي وأبي، اشتقت للثمار أقطفها عن الأشجار، وآكلها طازجة، اشتقت للزيتون واجتماع الأهل في ذلك الموسم يتعاونون في قطاف الزيتون ثم الحصول على زيت

الزيتون مباشرة من المعصرة. حتى الصابون كانت أمي تصنعه من زيت الزيتون. ليتني مت في بلادي ولم أخرج منها، هنا سأموت وفي بلدي سأموت. رد الزوج: ثقي بالله يا زينب ولا تندمي على ما فات.

وبعد أسبوع تقريباً وضعت زينب ابنتها الخامسة. أسمتها عائدة تفاؤلاً بالعودة للوطن.

مع أنها كانت الخامسة لكنها كانت حبيبة إلى قلب والديها ولاسيما أمها التي تسعد بابتسامتها وتقلق لمرضها. تنشد لها أشعاراً عن الوطن والمزارع حفظتها عن أمها.

كانت تحدّث أولادها عن الوطن الجميل، عن الجد والجدة والأخوال والأعمام الذين سيسعدون برؤيتهم.

وذات صباح استيقظت زينب على صوت بكاء عائدة، وبعد الحمام الصباحي أرضعتها وأيقظت زوجها وأولادها لتناول الإفطار وذهب أبو كفاح لإحضار اللحم والخضار، فاليوم سيحضر شخص عزيز على زينب، إنه ابن أخيها الذي سيحضر من الخليج لزيارتهم قبل أن يسافر لإكمال دراسته في بريطانيا.

نزل الأب مع أولاده إلى الحديقة قرب النهر لتتفرغ زينب لإعداد الطعام. بدأت زينب تعد الطعام وهي تنشد أشعار حب الوطن والأرض والشوق للأهل في سعادة بالغة.

وبعد قليل ارتفع صوت الأذان منادياً للصلاة، ذهب أبو كفاح للمسجد وبقي الأطفال حول النهر يلعبون ويمرحون.

صلت زينب ودعت ربها أن يحقق حلمها ويعيدها لبلادها تقبل ترابها وتقبل أيادي الوالدين الكريمين.

ثم عادت لعملها، فسمعت صوت بكاء عائدة، التي استيقظت تريد الرضاعة، في حين شارفت الأم على الانتهاء.

انتظري يا حبيبتي لم يبقَ إلا إضافة الثوم وصلصة الطماطم، وسآتيك.

فجأة اشتعل كل شيء في المطبخ، لم تعلم زينب من أين بدأت النار التي أتت على كل شيء بما في ذلك زينب.

وصوت عائدة يصم الآذان تنتظر حضور أمها.

الأشجار تموت واقفة

رن جرس المنبه فاستيقظت عبير.. توضأت وصلت ركعتين ثم أعدّت الشاي والفطور وراحت توقظ أولادها

سعيد.. عثمان.. سلطان..هيا يا أولاد.

هدى.. هند.. صغيرتي أمل.. هيا يا بناتي.

الله أكبر... الله أكبر

ارتفع صوت أذان الفجر، توضأ الجميع، واصطفوا خلف سعد للصلاة، ثم جلسوا لتناول الفطور.

أمي.. يظهر أنك عدت من عملك البارحة متأخرة، كنت أريد علبة ألوان لألون الخريطة التي رسمتها.

أنا أريد قلماً أخضر.

الأم: هاتي يا هدى علبة ألوان وقلماً أخضر لأخويك من الخزانة

أمي، المدرس قال بأن نحضر خمس ريالات لتجليد الطاولات.

عندنا اليوم (يوم مفتوح) المعلمة تريد عمل لوحات جديدة مع تغيير المناهج، وقالت: إن اليوم المفتوح سيوفر مالاً لذلك، أعطني عشرين ريالاً أشتري بها.

ماما ساعديني في حل هذه المسألة.. لم أعرف الجواب!.

$$\sqrt{27} = \sqrt{3\text{س}}$$ ما قيمة س

ماما المدرس قال: إن المعلومات تخزن في الكمبيوتر بشكل بيانات فكيف تخزن المعلومات في رأس الإنسان؟

الأم: لا أعرف يا ولدي.. لم يخطر ببالي هذا السؤال.

إني جاد يا أمي.. المدرس قال: ابحثوا عن الإجابة، فهي لا تخزن بشكل خلايا لأن عدد خلايا الدماغ لا يزيد بزيادة المعلومات وإلا لكان حجم رأس كل إنسان حسب معلوماته.. تصوري يا أمي حجم رأس الأستاذ !

الأم: هيا البسوا ملابسكم حتى لا تتأخروا عن المدرسة.

تذهب الأم لإيقاظ أبي سعد الذي ينهض بعد عناء متثاقلاً.. هل الأولاد جاهزون؟

نعم

سأنتظر في السيارة دقيقتين.. من يتأخر أذهب وأتركه.

تعود الأم لأولادها.. هيا لقد استيقظ أبوكم... لن ينتظر أحداً.

يخرج أبو سعد وخلفه الأولاد والبنات.

يعود عثمان..ماما.. أريد علبة الأدوات الهندسية.

فتسرع الأم للخزانة محضرةً علبة الأدوات الهندسية.. تعطيها لعثمان.. أسرع.. الحق والدك.

تبدأ الأم برفع الطعام عن المائدة.

ثم يعود عثمان باكياً.. لقد ذهب أبي ماذا أفعل؟ المدرس قال مَنْ يتغيب ينقص من درجات السلوك.

وماذا بيدي يا ولدي.. عندما يعود والدك قل له أن يوصلك للمدرسة، وتكمل الأم رفع الأواني وتنظيفها.

يعود أبو سعد: يا وجه النكد لِمَ تأخرت.

عثمان: نسيت علبة الأدوات الهندسية.. لو سمحت أوصلني للمدرسة حتى لا يخصم الأستاذ من درجاتي.

اذهب من هنا.. تعلّم كيف تحترم الوقت مرة ثانية.

يستيقظ معاذ على صوت والده: بسم الله.. لا تخفْ يا حبيبي.. تعالَ لتشرب الحليب وتتناول الفطور.

خذي ابنك واذهبي أريد أن أنام.

أكملت الأم ترتيب المنزل ثم ذهبت لإيقاظ زوجها.. قم يا أبا سعد حان وقت ذهابك لعملك.

يا فتّاح يا عليم.. اخفضي صوتك.. لماذا تصرخين؟

يلبس ملابسه ويذهب لعمله.. وتبدأ الأم بكي الملابس وإعداد الغداء.

بعد حضور الأولاد من المدرسة والوالد من عمله يجتمعون على مائدة الغداء.

كم مرة قلت لك أن تزيدي الملح قليلاً.. متى ستتعلمين الطبخ؟

تسرع الأم لإحضار علبة الملح وتضع قليلاً منه على الطعام.

ثم يقوم أبو سعد غاضباً: لا يصلح أن تضيفي الملح الآن.. كل شيء في حياتك غلط.. وجودك في بيتي غلط.. يغلق باب غرفته بقوة.

ماما اعملي لنا غداً ملوخية فأنت ماهرة في طبخها ونحن جميعاً نحبها.

وبعد الغداء تحضر أمل دروسها لتراجعها مع أمها.

أمي، قالت المعلمة أن نتدرب على هذه الجملة للإملاء غداً.

حسناً اكتبيها ثلاث مرات ومن ثم أمليها عليك.

ماما لا تنسي أن تحضري قطعة نحاس.. فغداً عندنا درس فنية.

المعلمة شرحت اليوم الغرزة المقلوبة ولم أفهمها.. ساعديني في عملها.

أنا يا أمي لا أريد منك سوى تحضير درس الإنجليزي.

حسناً يا أولاد.. سألبي طلباتكم كلكم.. لكن تريثوا قليلاً.

ماما.. أمل تجلس أمام التلفاز تشاهد برامج الأطفال.

يا أمل.. أغلقي التلفاز وتعالي لتكملي التدريب على الإملاء.

ماما.. معاذ يريد أن يشاهد برامج الأطفال.

حسناً دعيه هناك وتعالي، وعندما تنهين واجباتك، تشاهدين التلفاز.

الله أكبر... الله أكبر

ويصطف الجميع لصلاة العصر خلف سعد.

أبا سعد.. هيا قم صلِ العصر لتوصلني لعملي.

ينهض بعد عناء.. لا أدري ما فائدة عملك هذا! أليس جلوسك في بيتك مع أولادك أفضل لك ولهم؟

أتمنى ذلك.. لكن المبلغ الذي أحصل عليه من عملي يعيننا على طلبات الأولاد والبيت.

حسنا.. يالله.. ما هذا.. لماذا لم تنظفي حذائي؟.. هذا منظر حذاء رجل متزوج؟ تحاول تنظيفه..

ليس هذا وقته.. لا أريد أن أسمع محاضرة من المدير كل يوم عن احترام وقت العمل.

يوصل زوجته لعملها ويذهب لعمله.

يرن هاتف الأم في العمل.. ماما لا تنسي أن تحضري قطعة النحاس التي طلبتها منك.. وسلطان يريد دفتر رسم.. وسعد يريد آلة حاسبة.

حسناً يا حبيبتي.. انتبهي لإخواتكِ لحين حضوري.. إذا أنهيت واجباتك باكراً.. ساعدي أختك هدى في تجهيز العشاء.

وفي المساء يمر أبو سعد ليأخذ زوجته من عملها وليعودان للبيت.

السلام عليكم.. وعليكم السلام ورحمة الله.

ماما هل أحضرت ما طلبته منكِ؟

نعم يا ابنتي هذه لك.. وهذا دفتر رسم لسلطان.. وهذه الحاسبة لسعد.. هل تناولتم العشاء؟.

نعم يا أمي ولكن أملاً ومعاذاً ناما باكراً قبل العشاء.

ليتك عملت لهم بعض السندويشات أو على الأقل كوب حليب لكل منهما، هيا اذهبوا للنوم.

ماما: لم أكمل رسم القلب في دفتر العلوم.

تكمله غداً صباحاً.. اذهب الآن لتنام مبكراً.. عثمان.. هل اتصلت بصديقك تسأله ماذا لديك من واجبات؟

نعم يا أمي وقمت بعملها جميعاً.

أبو سعد: ألم تنتهي من أولادك بعد؟ أريد أن أتعشى.. ألا يكفي أني لم أتغدى؟

هدى: أمي عملت سلطة لبن وخيار وتركت صحناً في الثلاجة لكما.

فتقبلها الأم.. يرضى عليكِ يا ابنتي.. هيا اذهبي للنوم.

تكمل الأم إعداد طعام العشاء وتجلس لتتعشى مع زوجها.

تستيقظ أمل: ماما عدت من عملك؟

تعالي حبيبتي للتعشي ومن ثم تعودين للنوم.

ترفع الأم الطعام ثم تغسل الصحون.

أين الشاي يا أم سعد؟

فتسرع بإعداد الشاي وتجلس لتشربه مع زوجها.

عافاك الله يا أم سعد.. كيف كان يومك؟

الحمد لله.. لكني لا أزال أحس بآلام في بطني ورأسي منذ أسبوع.

حسناً يفضل أن نذهب للطبيب غداً.

يسهران معاً قليلاً ثم تستأذن أم سعد زوجها لتنام، ولكن معاذاً يستيقظ.. يشرب الحليب ويتناول تفاحة قدمتها له والدته.. وتحاول أن تعيده للنوم.. ولكنه لا يريد النوم.. فتجلس معه حتى بعد منتصف الليل بينما الجميع نائمون.. أخيراً ينام معاذ بعد أن تقص عليه والدته قصة قصيرة. ثم نامت أم سعد.

يرن جرس المنبه.

هيا يا أم سعد قومي جهزي أولادك للمدرسة.. يعلو صوته: هيا إذا كنت لا تريدين الاستيقاظ الآن فلماذا تضبطين المنبه؟

تستيقظ هدى وتذهب لغرفة والدتها.. تحاول إيقاظها.. ماما.. ماما

لكن أم سعد وجدت في النوم الراحة من آلامها ومن مشاغلها فلم تستيقظ.

أمام المخبز

جرت العادة عند أهل القرى في سوريا بأن يقوموا بوضع شيء يخصهم على نافذة المخبز، عندما يذهبون لشراء الخبز، وذلك حفظاً لدورهم في الحصول على الخبز.

فقد يضعون قلماً أو قطعة نقدية صغيرة أو منديلاً مميزاً. وهذا ما فعله أبو علي، فقد وضع ورقة نقدية من فئة الخمس ليرات لا تكفيه لشراء الخبز ولكنها تحفظ دوره، وجلس مع مجموعة من الرجال الذين كانوا ينتظرون دورهم.

تحدثوا في أمور كثيرة تهم القرية، وذكروا بشيء من الألم عدم تمكنهم من إكمال بناء مسجد القرية لقلة التبرعات التي لم تكن تكفي سوى لإقامة المسجد من الطوب على أرض تبرع بها أحد الصالحين، فلم يكملوا دهان جدرانه وإيصال الخدمات إليه من ماء وكهرباء وإتمام الحمامات الملحقة به.

وتحدثوا عن الأرملة أم سعد، التي فقدت ولدها الشاب الوحيد في حادث إطلاق نار بالخطأ من بندقية أحد رفاقه، وعن سوء حالها بفقد معيلها هي وبناتها الثلاث، وقد تعهدوا بمساعدتها قدر ما يستطيعون.

وتحدثوا عن زواج أحمد من هدى ابنة أبي جهاد الفلسطيني وعن الاندماج العائلي الذي حصل بين أهل سوريا والفلسطينيين، وتمتع أهل فلسطين بكثير من حقوق التعليم العالي والوظيفة وامتلاك الأراضي والبيوت في سوريا.

شعر أبوعلي أن دوره قد تأخر بينما هو منشغل مع الرجال في الحديث، فقام يسأل بائع الخبز: أين الليرات الخمس التي كانت هنا؟

قال البائع لقد ناديت لمن النقود؟ فقال ذلك الرجل؟: إنها له وأخذ بها الخبز.

لحق أبوعلي بالرجل الذي أشار إليه البائع وهو ينادي: أنت.. قف يا رجل.

توقف الرجل وأبو علي يسعى إليه قائلاً: كيف تأخذ بنقودي الخبز؟

وقف الرجل حائراً ثم قال: تعال معي أعطيك نقودك.

مشى معه أبوعلي حتى وصلا إلى بيت في نهاية الشارع، دفع الرجل الباب المتهالك بيده ودخل وخلفه أبو علي إلى غرفة خالية من الأثاث بها نحواً من سبعة أشخاص، تدافعوا إلى الرجل وخطفوا الخبز منه وبدؤوا يأكلونه بنهم، وفي لحظات اختفى الخبز داخل البطون الجائعة، وأخذوا ينظرون للقادم الغريب علّ معه شيئاً آخر يسد جزءاً من تلك البطون الفارغة.

نظر الرجل إلى أبي علي قائلاً: هؤلاء إخوتي لم يأكلوا شيئاً منذ يومين.

انحـدرت الدمـوع مـن عـيـنـي أبي علي وهـو يرى مـأسـاة عـائلة في قريته الصغيرة لم يتطرقوا لذكرها في أحاديثهم وفي تواصيهم بالخير ولم يعلموا بها .. بل لم يبحثوا عن هذه الفئة التي تعيش بينهم بصمت تجتر مآسيها وشقاءها لأجل لقمة الخبز التي لا تجدها كل يوم.

انتبه أبوعلي لصوت الرجل يقول: أعتذر إليك، لم يكن في نيتي أن أسـرق الخـبـز، وكنت خـرجت أبحث لإخـوتي عن شيء يأكلونه، فلما سـمعت البائع ينادي على النقود ولم يتقدم أحد قلت في نفسي: رزق ساقه الله لنا، وإني أعتذر عن تصرفي المتسرع.

شـعـر أبوعلي بالألم والأسى، فـأخـرج بعض النقـود من جـيـبـه وأعطاها للرجل وانصرف شارد الذهن من حيث أتى.

وبعـد صـلاة العـصـر أخبـر من كـان في المسـجـد أن بينهم أناس محتاجون حقاً ليد الجود والعطاء، فقرروا ترتيب مبلغ شهري لهذه العائلة. وتعاهدوا بالبحث عمن لا يسألون الناس ولا يعلم بهم أحد.

حـدثني بهـذه القـصـة والدي رحـمـه الله. وقـد كـان يرسـل لهم مـا اسـتطاع إرسـاله، ولـلأسف لم أعـرف أين تسكن هذه العـائلة؟ ولكن الخير باق فينا إلى يوم القيامة، ولن ينسى الله أحداً من فضله، فعسى أن ييسر لهم من يعرف بحالهم ويقدم لنفسه الخير عن طريقهم.

دلال

لم يكن بيد دلال أنها ولدت فوق بساط الفقر، تزينه نقوش الحاجة والتقشف، في بلاد الغربة بعيداً عن وطنها الصغير حجماً، والكبير بكل ما فيه وبما يعنيه لأمة تكالب عليها أعداؤها.

كبرت دلال وفي رأسها أفكار كثيرة وأحلام تريد تحقيقها. في داخلها رغبات وأمنيات تطمع أن تحصل عليها يوماً.

كانت تعرف أن والدها لا يمكنه شراء قلم لها مثل قلم زميلتها صفاء، كما أنها لم تطمع بملابس جديدة كل عام كباقي زميلاتها في الصف.

لكن حلمها وحلم أهلها أن تنهي دراستها وتلتحق بالجامعة، فالشهادة ضمان لمستقبلها ومستقبل أسرتها. كانت تعمل وتخطط لإنهاء دراستها الجامعية لتعمل وتساعد والدها وتخفف الحمل عنه بمساهمتها في مصروف البيت، كونها الكبرى بين أخواتها وإخوانها.

والدها كان موظفاً بسيطاً في مؤسسة البريد، يخرج في الصباح الباكر لعمله، وكثيراً ما كانت ابنته دلال تعطيه الرسائل التي تكاسلت صديقاتها عن الذهاب للبريد، فيحملها معه ليسلمها هناك حيث يعمل.

دلال زهرة لطيفة محبوبة من الجميع، لا تؤذي أحداً ولا تمد عينيها لما في أيدي زميلاتها.

عفت نفسها عما تلبس وتشتري قريناتها البنات. وإذا دعيت إلى إحدى حفلاتهن كانت تذهب بقميص نقشت عليه بعض الزهور وتنورة مناسبة.

قد تكون هذه ملابسها الخاصة أو قد تأخذ شيئاً من ملابس أختها التي بدأت تقاربها في الطول والحجم.

أكملت دراستها الثانوية ودخلت الجامعة كما خططت وحلمت منذ صغرها، ومعدلها المرتفع أهلّها لدخول كلية الهندسة التي دخلتها مجموعة من صديقاتها ممن أنعم الله عليهن بالغنى والثراء.

وفي إحدى المحاضرات، رأت صديقة قديمة لها ممن أنعم الله عليها، كانت قد أكملت دراستها في بلد آخر وعادت لتدخل معها الجامعة في التخصص نفسه.

فرحت دلال كثيراً برؤية صديقتها هند التي كانت تملك كل شيء من مال وجمالٍ، وكانت متواضعة تخاف الله وتراعي شعور زميلاتها، وتعلم أن ما بها من نعمة فبفضل الله وليس من صنع يدها.

كما كانت تسكن في القرية نفسها مع دلال، فأصبحتا تذهبان في الصباح الباكر للجامعة بالحافلة نفسها، والمعاناة نفسها. فقد أراد والد هند أن تعتاد ابنته حياة العامة في تلك البلد فقرر ألا يوصلها بسيارته للجامعة.

أيام باردة، ماطرة تجمدت فيها المياه في الحنفيات، وتجلدت على الطرقات، فكم مرة تزحلقت إحداهما فتمسك بيد صديقتها لئلا تقع، وقد تقعان سوياً وتكملان المشوار الصباحي معاً للجامعة.

تفطران معاً في مطعم الجامعة على شطيرة من الجبن وكوب من الشاي الساخن.

محاضرات، ودفاتر وكتب مشتراة أو مستعارة.

مضت السنة الأولى وأنهتها دلال بنجاح تام وتفوق. أما هند فقد أخفقت في ثلاث مواد، قررت بعدها أن تضاعف جهودها لتجتاز السنة القادمة دون حمل أي مادة.

وذات يوم مرض والد دلال فذهب للطبيب الذي أخبره بعد الفحوصات والتحاليل أن الكليتين متعبتان وأعطاه بعض الأدوية.

بدأت صحة العم راشد تتدهور تدريجياً، ثم تم فصله من عمله لكثرة تغيبه وعدم تمكنه من أداء عمله.

ثم قرر الأطباء أن العم راشد بحاجة إلى زراعة كلية، لأن كثرة عمليات غسيل الدم قد أثرت على صحته كثيراً.

تشاور أهله فيمن يمكنه أن يتبرع بكليته، وأصرت دلال أن تكون هي من تعطي كليتها لوالدها؛ لأنها الكبرى ومستعدة لعمل ما ينقذ والدها ويساعده على الشفاء.

قرر الأطباء أن أنسب شخص يمكن نقل كليته هو أخوها صلاح الذي يصغرها بعامين، وكان قد ترك المدرسة وعمل مع جارهم النجار ليساعدهم في مصاريف العائلة المتزايدة.

دخل الوالد وابنه المستشفى وتمت عملية نقل الكلية من الابن إلى الأب، بينما الأكف تتضرع إلىٰ الله تعالى بالشفاء والعافية.

أوقاتٌ عصيبة مرت بها العائلة جميعها، وحاولت دلال أن تكمل دراستها وأن تبعد شبح هذه الأزمة التي يمرون بها وتركز في دراستها فهذه سنتها الأخيرة.

صورة والدها لا كفارق مخيلتها وهي تؤدي امتحاناتها، ورغبتها بتحقيق حلم والدها الذي حرم نفسه من الراحة، وعمل ليوفر لها ما يستطيع لتكمل دراستها، فذكاؤها ومثابرتها تستحق كل تضحية لتحقق أمنيتها ولتحيا حياة كريمة.

بعد مدة خرج العم راشد وابنه من المستشفى بعد نجاح العملية التي أجريت لهما، وسط فرحة الجميع بعودتهما بالسلامة.

عادت دلال من الجامعة تحمل نبأ نجاحها في جميع المواد وتخرجها مهندسة، محققة حلمها وحلم والدها، دخلت البيت، لم يكن سوى إخوتها وأخواتها، قالوا: إن والدهم قد تعب وذهبت معه والدتهم للمستشفى.

أسرعت دلال للمشفى وهناك كان والدها في غرفة العناية المركزة بين أيدي الأطباء الذين يحاولون ما بوسعهم لمساعدته.

أمّا والدتها فكانت في غرفة الانتظار والدموع تملأ وجهها، كان معها صلاح يروح ويجيء في الغرفة يدعو الله.

خرج الطبيب معزياً بوفاة أبي دلال الذي رحل تاركاً المسؤولية بيد دلال التي قامت بدورها وعملت حتى تزوجت أخواتها جميعاً وتعلم إخوانها وبقيت هي ترعى والدتها مسددة دين والدها عليها أو جزءاً منه.

حوار مع أمي

فاطمة: أمي..أمي..أين أنت؟

الأم: فاطمة أنا هنا يا ابنتي.

فاطمة: آه يا أمي كم أشتاق إليك.. لماذا تركتنا يا أمي؟

الأم:

أحبتي ما البعد عنكم بخاطري
لكن حكم الله أمر مقدر

قضى الله بالتفريق بيني وبينكم
وكل قضاء في الجبين مسطر

ما بالك يا ابنتي صوتك متغير ويبدو عليك الإرهاق؟

فاطمة وهي تتنفس بصوت عالٍ:

إني متعبة، أبحث عن علبة الدواء..كانت هنا.

الأم: أي دواء؟ ما بك يا ابنتي؟

فاطمة وهي تقلب الأغراض، علاج الربو..لا أجده.

الأم: كيف أصبت بالربو؟ عندما ذهبتُ لم تكوني تشكين من شيء.

فاطمة: بعد رحيلك كنت أنام وملابسي مبتلة بعد أن أقوم بغسل الصحون ومساعدة زوجة أبي، كنت أحس بالبرد وأنا نائمة أمام جهاز التكييف وأشعر بالكسل فلا أقوم لأغلقه.

الأم: عافاك الله يا ابنتي، ألم يكن هناك من يرعاك أنت وإخوتك؟

فاطمة: زوجة أبي ليس لديها وقت لرعايتنا، تعيش في الفيلا المجاورة لنا، ولا نراها إلا نادراً. حاولت أختي أسماء أن تقوم بدورك، لكنها كانت في العاشرة، فلم تتمكن من العناية بي وبإخوتي كما تفعلين أنت.

الأم: حقاً لا يمكنها الاهتمام بكل شيء.. كيف أخوك محمد وأختك عالية؟

فاطمة: أخي محمد ترك المدرسة بعد أن تدنى مستواه الدراسي، وأختي عالية سكبت الماء الساخن على نفسها وما تزال آثار الحروق بادية عليها إلى الآن، وستدخل المدرسة هذه السنة.

الأم: حسبي الله ونعم الوكيل. ما هذه الكتب التي أمامك؟ هل بدأت المدرسة؟

فاطمة وقد ازدادت حالتها سوءاً:

إني أدرس لامتحان الغد، فقد أخفقت في خمس مواد في نهاية العام.

الأم: وأختك أسماء هل نجحت أم ستعيد امتحانات الدور الثاني؟

فاطمة: لقد تركت المدرسة أيضاً بعد أن طُردت عدة مرات لعدم انتظامها وقلة مذاكرتها وإهمالها للواجبات المدرسية بسبب انشغالها بأعمال المنزل والاهتمام بنا.

الأم: لكنها كانت متفوقة وتحب المدرسة، كذلك أنتِ كانت درجاتك ممتازة في السنة الدراسية الأولى.

فاطمة وقد ازداد تنفسها صعوبة وما زالت تبحث عن دوائها:

لم يكن هناك من يساعدنا في الدراسة. وكثيراً ما نذهب للمدرسة متأخرين دون حل الواجبات المدرسية أو الاستعداد للامتحانات بملابسنا غير النظيفة والمجعدة. وعند عودتنا تقوم أسماء بعمل ساندوتشات خفيفة للغداء، فأبي يتغدى مع زوجته.

الأم: ألم تجدي علبة الدواء بعد؟

فاطمة وهي تمسك العلبة بيدها ودموعها تنهمر على خديها:

إنها فارغة يا أمي لقد نفد الدواء.

الأم: لماذا لم تطلبي من والدك إحضار علبة جديدة قبل انتهاء هذه العلبة؟

فاطمة ولا يكاد يسمع صوتها: أبي لا نراه كثيراً فهو مع زوجته الجديدة. أحبك يا أمي أنا قادمة إليك.

الأم يشوب صوتها الحسرة والألم: رحمة ربي وسعت كل شيء يا ابنتي، هو أرحم بك.

تشهق فاطمة وتصعد روحها لخالقها لتلاقي روح أمها.

صوت جميل

أخيراً وجدت من يهتم بي ويعرف قيمتي، يحاورني بلطف ويسعى لكسب رضاي ومحبتي منذ صغري لم أسمع كلمة طيبة ممن يحيطون بي. لا شيء سوى الأوامر، روحي يا بنت، تعالي يا بنت، كأنهم لا يعرفون اسمي، وإذا تذكروا اسمي قرنوه بصفات سيئة يا عبير يا غبية، يا كسولة. قال: إن صوتي هادئ وحنون ولا بد أنه يخفي خلفه شكلاً جميلاً. قال إن اسمي لطيف يذكره بعبير الزهور في أمسيات الربيع الساحرة. يستمع إليَّ باهتمام أتحدث إليه لساعات فلا يمل ولا يعتذر بأنه مشغول، أخبره عن مدرساتي وصديقاتي وعن أهلي وإخواني يقول: حدثيني بكل ما يدور في خاطرك وما يشغل بالك، فصوتك جميل وأنا أحب الاستماع إليه. أنت أهم عندي من كل مشاغلي.

طلب رؤيتي لينعم برؤية جمالي كما استمع لعذوبة صوتي. قلت: لا أستطيع. قال: لو كنت أحببتني كما أحبك لوجدت طريقة للخروج من البيت لأراك فأنا لم أعد أطيق بعدك عني.

لم يكن من الصعب إقناع والدتي بأني سأزور صديقتي غداً، فهي ستقيم حفلة في بيتها بمناسبة خروج أمها من المستشفى.

اتصلت به في المساء وأخبرته أني حصلت على إذن بالخروج غداً..

بدا سعيداً جداً وحدّد لي مكاناً ينتظرني فيه بسيارته الجديدة.

عندما جلست بقربه في السيارة كنت مرتبكة وخائفة فهذه أول مرة أخرج فيها لوحدي ومع شاب لا أعرفه، ولكن صديقتي ريم قالت: إنها تخرج مع شاب يحبها، كذلك صديقتي مها تحادث شاباً يهيم بها. وأنا أفوقهن ذكاء وجمالاً فلماذا لا أخرج ولا أحادث الشباب؟ لن تصفني صديقاتي بالمعقدة بعد اليوم، فأنا نزعت رداء العقد والعادات القديمة ولا بأس بالصداقة البريئة بين الشباب كما تقول صديقاتي. جلست بقربه وانطلقت بنا السيارة في طريق لم أعي منه شيئاً كنت مشغولة بالتفكير هل أخطأت بخروجي مع شاب لا أعرفه؟.

نظرت إلى وجهه الجميل الهادئ والذي تبدو عليه علامات الطيبة. فنظر إلي وابتسم. أنا لست مع شاب لا أعرفه فقد حدثته مراراً قال: إنه وحيد والديه، يدرس في إحدى الجامعات. والده من عائلة غنية ومعروفة. وهو لا يحب أن يعاكس البنات ولكنه كان يريد الاتصال بصديقه أحمد فأخطأ واتصل ببيتنا، ولم يستطع مقاومة جمال صوتي وهكذا بدأت علاقتنا. رقته وهدوؤه يشعراني بالأمان معه.

أمسك بيدي، قال: يدك ناعمة جداً وجميلة، سحبت يدي من بين يديه وأنا أنظر إليها، إنها ناعمة ورقيقة ولكن لم يخبرني أحد بذلك من قبل، فأنا لا أذكر متى آخر مرة سمعت فيها كلمة حبيبتي ممن حولي. إنه يقدر جمالي وشبابي وذكائي، بعد أن تعرفت عليه تبدلت حياتي، أصبحت أقف طويلاً أمام المرآة فأنا جميلة وشعري أسود طويل. ولكن اعتدت أن أربطه أو أن أجعله ضفيرة خلف ظهري.

أما اليوم فقد تركته دون ربطات ودون ضفائر، كم أصبح طويلاً دون أن أنتبه إليه. عيناي واسعتان جميلتان لم يسبق لأحد أن امتدح جمالهما سوى معلمتي الأستاذة نورة مدرسة الأحياء، وكان ذلك عندما نقصت درجتي في الاختبار، فبكيت لأن درجاتي كانت دائماً كاملة فأثر في نفسي نقصان درجة الأحياء وهي المادة السهلة التي أحبها، ولكن يبدو أنها العجلة هي التي جعلتني أنسى إجابة الشق الثاني من السؤال.

قالت الأستاذة نورة: إن عيوني جميلة وأنا أبكي، وخدودي حمراء لا أدري هل قالتها لتخفف عني حزني لأجل الدرجة الناقصة؟ أم أنها كانت تقصد ذلك حقاً. غير الأستاذة نورة لم يلحظ أحد جمال عيوني، نظر إلي وقال: ها قد أصبحنا لوحدنا ألن تكشفي عن وجهك، الشارع خالٍ تقريباً من السيارات لن يراك أحد سواي. وبتردد رفعت غطائي عن وجهي. انحرفت السيارة فجأة ثم أوقفها.

نظر إلي قائلا: الله! توقعتك جميلة ولكن ليس إلى هذا الحد.

أنت أجمل بنت رأيتها في حياتي. عيناك، فمك، وجهك، كل شيء فيك جميل. أكاد لا أصدق نفسي، بجانبي تجلس أجمل فتاة في العالم.

أحسست أنه يبالغ فأنا لم أكن جميلة إلى هذه الدرجة، لكنه يراني كذلك. هل حقاً أنا أجمل ما رأى؟ ابتسمت له فقال: ما أجمل ابتسامتك لن أستطيع إكمال قيادتي للسيارة. قلت: أغطي وجهي إذاً.

لماذا تناديني أمي دائماً يا وجه البوم؟ عندما تراني أمام المرآة قائلة لي: هل تعتقدين نفسك إليزابيث؟ اذهبي وارفعي كتبك عن الأرض أو خذي أخاك ليغسل يديه، لو أنك تقضين وقتك فيما ينفع أحسن من وقوفك أمام المرآة، أحس بأنها تكرهني، كأني لست ابنتها، فهي تفضل أخي الكبير عليّ أنا.

أحس بأنها تحبه أكثر مني بكثير، فطلباته أوامر، فحتى قبل أن يطلب يجد ما يريده حاضراً، توقظه بلطف ليذهب للمدرسة، أما أنا فلا أستيقظ إلا على صراخها: قومي نامت عليك حيطة، أتمنى أن تشبعي نوماً. إذا طلبت منها شيئاً تؤجله إلى حين. هل كل ما تريدينه يجب أن أحضره؟ الله خلق الدنيا في ستة أيام.

عندما ذهبت للسوق في المرة الأخيرة اشترت سجادة صلاة جديدة لأخي وأعطتني القديمة التي كانت عنده. آه، الصلاة. خرجت بسرعة ونسيت أن أصلي العصر. إن شاء الله أتذكر أن أصليها عندما نصل. والدي لم أره منذ مدة، لا أدري هل هو مسافر؟ فهو كثير السفر والانشغال ليؤمن لنا حياة كريمة ومستقبلاً جيداً كما يقول. أين أذهب أنا مع ذلك الشاب؟ لا أدري أحس بشيء من الخوف و تأنيب الضمير. نظرت إليه فابتسم لي وقال: هل تأخرنا؟ هاقد وصلنا الآن نجلس ونرتاح ونتحدث. خذي هذه السيجارة. قلت: لا أدخن. قال: هذه سيجارة مزاج سوف تحسن مزاجك. أمسكتها بيدي ثم أعدتها إليه، لم أكن أمسكت سيجارة قبل ذلك. أخذها وبدأ يدخنها مبتسماً. هو حقاً جميل، وجهه هادئ وجميل، ملابسه الأنيقة المرتبة زادته جمالاً وضياء وابتسامته جميلة أيضاً.

أخيراً أوقف السيارة ونزلنا بعد أن أمسك بيدي بلطف وفتح الباب.

نظرت، فإذا مجموعة من الشباب داخل البيت، ووقفت قليلاً لأستوضح الأمر، لماذا هؤلاء الشباب هنا؟ ضغط على يدي بقوة وقد اختفت ابتسامته ودفعني للداخل دفعاً وهو يضحك.

جبال راسيات

تستيقظ أم محمد في الهزيع الأخير من الليل فتتوضأ وتصلي ما كتب لها، ثم تجلس تقرأ ما تحفظه من آيات القرآن الكريم، وتصلي على خير الأنام وهادي البشرية مئة مرة. هي لا تعد ولكنها تستعين بسبحة طويلة، علقت فيها دبوساً لتعرف أين وصلت في تسابيحها وصلواتها.

تقرأ وردها اليومي من الأذكار والأدعية والاستغفار، لم تكن تعرف القراءة والكتابة ولكنها آيات وأذكار حفظتها منذ صغرها.

يرتفع صوت المؤذن: الله أكبر الله أكبر.

توقظ زوجها لصلاة الفجر، وتوقظ ابنها محمداً، ثم تقوم لمطبخها الصغير، لتعد الشاي وتضع في الصحون الصغيرة ما ملأت به المرطبانات المصطفة على الرف... مربىً ومكدوساً وجبناً وزيتوناً وكرات لبنة. . وكل ذلك من عمل يديها، فهذا ما يسميه أهل الشام «مونة» موجودة في كل بيت.

يتناولون فطورهم، ثم يذهب أبو محمد لدكانه، فالناس يستيقظون مبكرين، يذهبون لأعمالهم ودروسهم.

أبو محمد لديه الكثير من الزبائن التي اعتادت شراء حاجياتها من دكانه الصغير، قرب المخبز.

أما هي، فتعيد ما تبقى في الصحون إلى المرطبانات حتى لا يتغير طعمه، أو تحفظه في ثلاجة صغيرة في غرفتها، فالمطبخ لا يتسع لها.

ترتب الفراش وتنظف البيت، وتسقي النباتات التي زرعتها في أصص صُفت على شرفة منزلها، وفي الممر المؤدي للغرف.

تضع الخبز المبتل لتأكل منه الطيور المغردة على شرفتها. فتستمتع بسماع تسبيح الطيور لخالقها ونشوة الأزهار بالمياه العذبة. وتذهب لزيارة إحدى جاراتها أو تزورها إحداهن، فالتواصل مع الجيران مهم في الحارات الشامية، أو تذهب لزيارة ابنتها منيرة التي تزوجت حديثاً، فتطمئن عليها وتساعدها في العناية بأطفال زوجها هناء وعلي، فتساعدها بحمام الطفلين وغسل ملابسهما، أو تجلس الجدة أم محمد لتقص القصص اللطيفة، ذات المعنى المعبر للطفلين اللذين تعلقا بها. فهي دائماً تحمل الحلوى والمصاص والمكسرات اللذيذة في جيب فستانها؛ ولذلك فالطفلان يسألان عنها إذا تأخرت ويطلبان من زوجة أبيهما الذهاب بهما إلى جدتهما أم محمد.

أم محمد سيدة في العقد الخامس، تمكن منها الشيب الذي ما زالت تقاومه بصبغة الحناء التي تلون بها شعرها.

تصلي الضحى، ولا يفتر لسانها عن التسبيح والتهليل والذكر. ويدها لا تفارق سبحتها التي تساعدها لإنهاء كل ذكر بالعدد الذي اعتادت أن ترده يومياً. وعند الظهيرة، تأخذ قيلولة تعينها على إكمال نهارها، وعمل الغداء الذي تأخذه لزوجها في دكانه وتتغدى معه.

كثيراً ما كان يطلب منها الجلوس مكانه في الدكان ليذهب لبعض شأنه.

فالجميع يحب تعاملها، فهي بالطبع ألطف من زوجها وأكثر رقة وهدوءاً مع الأطفال.

بعض السيدات يرتحن لوجود سيدة تقوم بالبيع، فتكثر الوافدات للدكان بوجودها، وينتهزن فرصة وجودها لشراء ما يلزمهن من حاجات خاصة بهن.

اليوم سيحضر ابنها محمد من الجيش، فخدمة الجيش ما زالت إلزامية هناك. منذ الصباح الباكر تبدأ عملها بعمل ورق العنب المحشو، فابنها محمد يحبه كثيراً ويطلب منها عمله، وكلما حضر لزيارتها يجد ورق العنب ووجه أمه الباسم في انتظاره.

تبدأ الأم رحلتها بالبحث عن عروس لابنها بعد أن علمت منه المواصفات التي يريدها، فعما قريب سينتهي من خدمة الجيش.

تزور أم محمد جاراتها وتطلب منهن مساعدتها في البحث عن عروس. وكلما أخبرتها إحداهن عن بيت فيه بنات بسن الزواج، تذهب لترى من يقدمها أهلها للزواج.

دخلت بيوتاً كثيرة لأول مرة، وشاهدت خلال جولتها الكثير من الصبايا ذوات الحسن والجمال والرقة، كلهن جميلات، لكنها تبحث عن مواصفات قياسية.

هذه طويلة لكنها سمراء قليلاً.. هذه بيضاء لكن شعرها أجعد، وتلك جميلة لكنها قصيرة، كانت تنقل الصورة لابنها الذي لم تعجبه إحداهن.

أخيراً خطبت لابنها ساجدة، فتاة متوسطة الطول، بيضاء شقراء، شعرها أجعد سمنتها واضحة، ليست هذه المواصفات المطلوبة، لكنه النصيب. فقد ارتاحت الأم لرؤية ساجدة فأخذت ابنها ليراها، فكان أن أعجبته وتمت الخطوبة.

كانت أم محمد تحدث الجميع عن خطيبة ابنها ساجدة، عندما تأتي سوسو سنطبخ معاً أطيب المأكولات، ستساعدني في عمل «المونة» وستريحني من عناء العمل في البيت، فسوسو ستسكن معي في البيت نفسه، في غرفة محمد الذي ليس بمقدوره أن يفتح بيتاً لوحده الآن.

كانت لا ترى أجمل أو ألطف أو أرق من سوسو وتنتظر زفافها لابنها بقلق وشوق فاق شوق ابنها.

اشترى محمد غرفة نوم متوسطة وأعاد دهان وترتيب غرفته وماعدا ذلك، فالبيت لا ينقصه شيء.

زُفت سوسو إلى محمد، حفلة الزفاف كانت على سطح بيت أهلها بعد اتخاذهم السواتر من جميع الجهات، وفوق سطح بيت أم محمد حفلة الرجال.

سوسو الوادعة الهادئة، التي لا تكاد تستبين كلامها من صوتها الحنون المنخفض، أسرت قلب زوجها وغمرته بحبها، وقبله أسرت قلب حماتها التي حمدت الله كثيراً أن وفقها لخطبة هذه الفتاة.

تساعد حماتها في كل شيء، وتنفذ طلبات زوجها وأمه وأبيه وكأنها أوامر، تمضي الأيام والحياة صافية لا يعكرها شيء ومحبة سوسو تزداد من الجميع يوماً بعد يوم.

ظهرت أعراض الحمل على سوسو، فأصبحت لا تخرج من حجرتها ولا تساعد حماتها بشيء. لكن أم محمد لم تكن تريدها أن تعمل شيئاً، فهي حامل ويجب أن ترتاح لتأتينا بولي العهد قوياً صلباً.

ولكن حتى أخلاق سوسو تغيرت، فلم تعد المطيعة الهادئة، بل كانت تختلق المشكلات مع حماتها، وترد لها كل كلمة بجواب، وبدأ صوتها يرتفع ويظهر شيئاً فشيئاً، قد يكون داخلها العجب واعتقدت أنها أصبحت الملكة في هذا البيت، لاسيما بعد حملها، أو أن نصائح أمها غيّرت أخلاقها، فالأم لا تريد لابنتها أن تعمل في البيت وتتعب، وليغضب من يغضب ويرضى من يرضى، فأنت قد تمكنت من قلب زوجك الآن وبحملك لن يستطيع أن يرفض لك أي طلب.

وضعت سوسو طفلها الأول وهي بقمة الزهو والسعادة. هنأتها حماتها وحاولت إعادة المياه لمجاريها والقيام على خدمتها والعناية بها وبحفيدها الأول الذي طال انتظاره.

لكن قلب ساجدة قسا كثيراً وفسدت أخلاقها، فلم يكن بإمكانها التراجع والعودة لسماع الأوامر، وهي الآن تستطيع أن تأمر وتنهى وتطلب ما تشاء، فهناك محمد الذي لم يعد يرى سوى سوسو ناسياً قلب أمه وتعبها وسهرها. وهو الآن رجل مسؤول وقد ابتسمت له الحياة، فلم يعد محتاجاً لأحد.

طلبت ساجدة الآمرة الناهية من محمد أن يبني لها مطبخاً مستقلاً في الممر الطويل، وتم لها ما أرادت وذلك كيلا ترى حماتها، ولو رأتها فلن تكلمها أو ترد على سلامها.

كبر في نفس أم محمد إعراض زوجة ابنها وإهمالها لوجودها، وبعد أن كانت دعوات الرضا لمحمد وزوجه بعد كل صلاة، أصبحت دموع حارة تنسكب على وجهها الذي خطت فيه السنون ذكرياتها شيئاً فشيئاً تحول الألم لغضب، لم تعد راضية عن ابنها الذي رزقه الله وأغدق عليه من فضله، فبنى بيتاً على سطح منزل أهله وانتقل هو وعروسه وابنه وارتاح من مشكلات أمه وأبيه.

بعد انتقال ابنها وزوجته استفادت أم محمد من مطبخ ساجدة باستعماله مخزناً لأغراضها، وتوسعت به قليلاً، أما ساجدة فقد منعت أم محمد من رؤية حفيدها وإذا خالف أوامر أمه ونزل لرؤية جدته فكان يعاقب بالضرب الشديد أمام جدته التي تحاول انتزاعه منها والدفاع عنه بأنه ما زال صغيراً، فتصرخ بها سوسو هذا بسببك، لا تتدخلي بيننا ثم تأخذ ابنها وتغلق باب بيتها لتكمل صراخها.

وذات صباح استيقظت أم محمد متأخرة، فقامت مسرعة ووضعت إبريق الشاي على النار وذهبت لتتوضأ لصلاة الفجر، وعندما عادت للمطبخ كان قد انسكب بعض الشاي على النار فانطفأت. أحبت أن تسخن الشاي لزوجها وتوقظه لعمله وللصلاة.

كانت سيدة مسنة، ذهبت كثرة استعمالها للأدوية بحاسة الشم عندها، فلم تدرك رائحة الغاز التي تنبعث من الموقد بعد انطفاء شعلة النار.

وأشعلت عود ثقاب، فحدث انفجار قوي وضغط شديد أغلق باب المطبخ الصغير، واشتعلت النيران التي حاصرتها ولم تستطع فتح الباب من شدة الضغط.

استيقظ زوجها على صوت الانفجار وأسرع للمطبخ يفتحه لإخراج زوجته التي التهمت النيران جزءاً من جسدها. سكب عليها الماء البارد وأخذها للمستشفى، أصرت أم محمد أن تراها طبيبة وليس طبيب، ولم يكن سوى طبيب في هذا الصباح الباكر، رأى يديها ووجهها المحترق، سألها هل هناك أماكن أخرى محترقة؟ قالت: لا، فقط وجهي ويدي.

كانت تشعر بلهيب الحروق في جميع أجزاء جسدها، لكنها فضلت عدم كشف أي جزء من جسمها أمام هذا الرجل الغريب حتى لو كان الطبيب، فكثيراً ما كانت تدعو لنفسها بالستر والعافية فتقول: «اللهم» استرني على وجه الأرض وارحمني تحت الأرض واغفر لي يوم العرض عادت لبيتها محمولة لا تقوى على الحركة، واستعملت الدواء الذي وصفه الطبيب لعلاج يديها ووجهها، فاستعملته لجميع أنحاء جسدها شفيت أم محمد من حروقها لكن آثاره بقيت ظاهرة لمن يراها، ولكنها صبرت وحمدت الله على كل شيء.

كانت ابنتها تحضر يومياً لزيارتها ومساعدتها بأعمال المنزل، كذلك هناء التي كانت تحضر دائماً لتساعد جدتها وتسمع الأحاديث الشيقة منها.

فقد تعلمت منها الأذكار والأدعية التي كانت تكتبها لترددها كل صباح كعادة جدتها.

وذات يوم ذهبت أم محمد إلى ابنتها، فاليوم خطبة ابنة زوجها هناء، وفي الطريق تعثرت أم محمد وسقطت على الرصيف، جرح بسيط أصاب رأسها، فقامت وتابعت سيرها إلى بيت ابنتها.

أسعفتها ابنتها وأخذتها للطبيبة التي قامت بخياطة الجرح بغرز قليلة، عادت بعدها لحضور حفل خطبة هناء.

شعرت أم محمد بعد ذلك ببعض الصداع لكنها تقاومه بأقراص المسكنات. وبعد شهرين من تلك الحادثة، كانت في زيارة لابنتها وأغمي عليها هناك، فنقلتها ابنتها إلى المستشفى.

بقيت في غيبوبة عدة أيام، عندما استيقظت، تحسست رأسها فوجدت غطاء عليه، فاطمأنت لذلك. أدارت وجهها بين الموجودين، تعرفت عليهم وتحدثت معهم، سألت: كم لي في المستشفى؟ أجابت ابنتها: أنت هنا من ثلاثة أيام، رددت أم محمد بعض الآيات والأذكار ثم غابت عن الوعي.

لقد تسبب سقوطها منذ شهرين بنزيف داخل المخ لم ينتبه له أحد حتى الطبيبة التي قامت بخياطة الجرح على عجل.

الدماء ملأت دماغها فلم تستيقظ من غيبوبتها تلك.

ترحّم عليها الأطفال قبل الكبار، فقد كانت تتحف كل من تراه منهم بما جمعته من السكاكر والحلوى من دكان زوجها.

فاللهم كما سترتها فوق الأرض، فارحمها تحت الأرض، واغفر لها يوم العرض.

يوم غائم

في حديقة الجامعة اليانعة الخضرة، اعتادت الجلوس مع صديقتها هناء على ذلك المقعد المقابل لصف من الشجيرات القصيرة التي شذبت أوراقها لتعطي شكلاً كروياً جميلاً. جلست على مقعدها الأخضر الخشبي كعادتها.. ولكن هناء لم تحضر اليوم.. ربما شغلها أمر ما أو أنها ستحضر في موعد المحاضرة الثانية. فهنا اعتدنا الجلوس في فترة الاستراحة بين المحاضرات.

ومن تبحث عنا من الزميلات تحضر إلى هنا أولاً؛ لأننا إن لم نكن في المحاضرة فغالباً ما نكون هنا نتحدث أو نأكل السندويشات أو نستمتع بجمال الطبيعة.

المكان رائع هنا.. جميل هو اللون الأخضر الذي يغطي المكان. إنه يبعث على التفاؤل والأمل، ويدخل البهجة والسرور إلى القلب.

السماء ملبدة بالغيوم التي تحجب الشمس خلفها فتبدأ خيوطها بالتسلل من بين تلك السحب. وقد تتحرك فتتكشف الشمس قليلاً.. ثم ما تلبث أن تتوارى خجلاً خلف الغيوم.

هذا الجو الرائع يذكرني بأخي نبيل.. ولا أدري لماذا أذكره دائماً في الأيام الباردة. ألأنه كان ملاذي ومأمني ومرشدي في كل الأمور، فقد كنت أعتمد عليه كثيراً و أثق برأيه.. لا بد أنني كنت أزعجه بأسئلتي الكثيرة. فأنا لا أطمئن إلا لجوابه إنه الجواب الصحيح.

في اللحظات الجميلة أتذكره، فقد عشنا معاً أياماً جميلة. بكل ما حملت تلك الأيام والليالي من قسوة وألم وبكاء.. فعندما أحن لأمي أذكره بها ونسترجع ذكريات أيامها الحلوة القليلة فتنهمر دموعنا معاً متمنين عودتها.. تراه أين يكون الآن؟... مرت أربع سنوات منذ رأيته أخر مرة عندما طرده والده من البيت، كان قد أنهى دراسته الثانوية.. ترى كيف يعيش الآن؟.. وماذا يعمل؟.. وماذا عساه يشتغل وليس معه سوى الشهادة الثانوية؟.

إنه طموح ويرغب بإكمال دراسته الجامعية.. فكيف يتدبر أمره؟

الهواء يداعب أوراق الأشجار، والنسائم تزداد برودتها.

أُغلقُ أزرار الجاكيت وأفركُ يديَّ ببعضهما كي أشعر بالدفء قليلا.

تمر أمامي وجوه كثيرة، طالبة مسرعة تريد أن تلحق بموعد المحاضرة. وأخرى تتمشى مع صديقتها.. ومجموعة افترشت العشب الأخضر تحلقن حول بعض الطعام.. أو جلسن يناقشن أمور الدراسة. معادلات.. محاضرات.. جداول.. مادة صعبة.. أسئلة سهلة.

أحب الجلوس في المكتبة.. الجو هادئ وملائم للقراءة.. لكنني لا أشعر برغبة في القراءة الآن.. فأنا أنتظر هناء وأستمتع بالجو الجميل على هذا المقعد الخشبي الأخضر..

لو سمحتِ كم الساعة؟

أنظر إلى ساعتي.. إنها العاشرة وعشر دقائق..

شكراً.. وتمضي بلطف.

يا إلهي لقد تأخرت على المحاضرة.. الدكتورة هدى لا تحب أن يتأخر أحد عن محاضرتها.. وأنا لا أحب أن أدخل بعدها.. مما يشتت انتباه الطالبات ويضعف تركيز الدكتورة.. لن أذهب للمحاضرة.. وهناء لم تحضر.. لا بد أنها تعتمد علي في استدراك ما فاتها اليوم. وقد تكون ذهبت للقاعة مباشرة.

أشم رائحة شوربة اللحم التي تعدها بمهارة زوجة أبي.. لا بد أنها رائحة شواء اللحم في الكافتريا.. لو أن أمي في البيت لاتصلت بها وطلبت منها إعداد شوربة اللحم للغداء.. ولكني لا أحب إزعاج زوجة أبي بطلباتي. يكفي تعبها وخدمتها لي ولأخواتي.. وكل ما تعده لذيذ.

قطرات من المطر بدأت أحس بردها على يدي.. المطر نعمة من الله تعالى.. أنا أحب المطر، الدعاء مستجاب عند نزول المطر، اللهم أعز الإسلام والمسلمين.. واحفظني واحفظ أهلي ووفقني في دراستي.. المطر يزداد والجميع يسرعون للداخل.. سأذهب للمكتبة.. سأختار كتاباً خارج تخصصي وأجلس في المكتبة أقرأ.. لا أدري كم من الوقت مر وأنا أقرأ؟.

أنت هنا.. لماذا لم تحضري المحاضرة؟

رفعت رأسي ... هناء!

أمسكت بيدها وخرجنا من المكتبة كي لا نزعج الموجودين.

هناء.. اعتقدت أنك لن تأتي.

حضرت متأخرة.. فذهبت من فوري للمحاضرة.. تستطيعين أخذ دفتري لتسجلي ما فاتك من المحاضرة.

أشكرك.. هيا بنا نركب الحافلة.

عتاب مع التحية

تراني فتشيح بوجهك عني، وإذا نظرت إلي، نظرت شزراً كأنما تنظر إلى شيء وضيع مستقذر. إن سلمت عليك لا ترد السلام، وإن رددت فبصوت خافت وبكل برود كأنما تساق لرد السلام سوقاً. تدخل البيت فتقع عينك على كل شيء.. إلا علي.. تتجاهلني، وتتجاهل وجودي..كأنما كرسي يجلس على كرسي. لا تعيرني أي اهتمام. إن سألتك سؤالاً تنظر إلي بغضب قائلاً: ماذا قلت؟ لتشعرني بأني أقل من أن تسمع لي. فأعيد لك السؤال: هل ستأتي اليوم لاصطحابي من المدرسة؟

تجعلني أحس بالإهانة.. بأني لا شيء. كما العبد يطلب شيئاً من سيده، وولي نعمته. أو تقول لأمي منكراً سماعك لي: ماذا قال هذا؟ منذ مدة طويلة لم تنادني باسمي، إذا أردت أن تتكلم عني قلت: هذا الحيوان.. هل خرج اليوم من البيت؟ تتنكر حتى اسمي في مرحلة أحوج ما أكون فيها لسماع كلمة رقيقة شفيقة، نظرة حانية. ويد رحيمة تمسح آهاتي، تأخذ بيدي، تريني درب الرجولة كي لا أقع صيداً سهلاً في أيدي شياطين الإنس الذين فاقوا الشياطين.

في مرحلة أحوج ما أكون لأن تعزز من شخصيتي، وتؤكد انتمائي لعائلة أحبها وأعتبر نفسي جزءاً منها. ولتعمق في داخلي حبي لبيتي وأسرتي وإخوتي وأخواتي، تشد من أزري، وتضغط على يدي تمسح دموعي، التي تفلت مني أحياناً، وأنا أغالبها فتأبى إلا الظهور، والإعلان لوسادتي عن غضبي وضيق واقعي.

بأي ذنب اقترفته تتركني مهملاً دون كلمة أو نظرة مدة سبع شهور؟ إهمالك لي خنجر يطعن كبريائي، ويقتل شخصيتي، إن كانت تصرفاتي لا تعجبك، فأنا ما زلت ملك يمينك.. وبين يديك، لا أرى إلا ما تراه، ولا أخرج إلا بإذنك، وأعود في الوقت الذي تحدده. لم تساعدني في بناء شخصيتي التي أحس بضآلتها بين رفاقي، لا أستطيع الحديث معهم إلا للضرورة، أخشى الزلل والسقوط . بأي ذنب اقترفته تزدريني؟ تحيلني رماداً.. سراباً.. أو هباءً منثوراً. ها قد بدأت الآن بأخي الصغير، تحاول فرض سطوة رجولتك على طفولته، تريد إجبار سنواته الثلاث للرضوخ لكل ما تأمر به، وإلا كان معانداً يستحق العقاب. وأي عقاب سينزل بذلك الجسد الغض، إن كل صفعة تقدمها بيديك لوجهه البريء، تترك بصماتها يوماً أو بعض يوم، ويبقى وجهه منتفخاً، يعلن حجم اليد التي وقعت عليه. لا ترحم أذناً ولا عيناً. وقد تحمله من أذنيه أو من وجنتيه وترفعه للأعلى ثم تلقي به أرضاً، أو تستعين بعصاك الغليظة التي تترك آثارها على ذلك الجسد الرقيق الناعم، لتحفظ في ذاكرته الكثير من الكره والحقد على كل شيء في هذا العالم. وأنى له أن يستجيب لأوامرك بعد هذا. لقد أصبح يتلعثم في كلماته ويتأتى فيها، وأنت تسخر منه وتقلد تأتأته مزهواً بما آل إليه.

أما أخي الأوسط، فهو صورة متحركة للانهزام والخوف والتردد في أشد حالاته، لا يستطيع اتخاذ أي قرار صائب.. يخاف كل شيء. صورة أبدعت في إذلالها وفرض سيطرتك عليها، لترضي قسوتك وجبروتك. هذه الهزيمة والتأخر من صنع يديك. قد كان مبدعاً وذكياً

بشهادة مدرسيه وأساتذته، فعمدت إلى جهاز الحاسوب الذي كان يستخدمه بمهارة وإتقان وهو ما زال صغيراً، يحفظ آيات من القرآن الكريم بمساعدة الحاسوب ويعرف الأحرف والأرقام، وبعض الكلمات الإنجليزية، كما أبدع في اللغة العربية الفصحى وقراءة ما يقع تحت يديه من كتب وهو لم يذهب للمدرسة بعد. أخذتُ جهاز الحاسوب وبعته بحجة أنه لا يفيدك. فالدنيا أنت، وكل شيء أنت، ولا شيء سواك في هذا الوجود. هو الآن لا يستطيع أن يتم جملة دون أن يخطئ ويتلعثم فيها، وإذا ذهب إلى البقالة ليشتري شيئاً يعود من منتصف الطريق..لأنه نسي ماذا سيحضر.

لا يجد منك سوى التوبيخ والتقريع، فلِمَ تزرع في نفسه الخوف والقلق والاضطراب؟ حتى أقاربك من يأتي منهم لزيارتنا يجدها فرصة ليوبخه وينقص من قدره، وبفضل حديثك الدائم عن غبائه وقلة تفكيره، أصبحوا يوبخونه بلا سبب، إلا لأنه عبيط ومتخلف وغبي؛ فلا يملك سوى الصمت وإطراق رأسه إلى الأرض.

هذا جزء مما أبدعت يداك، فلمصلحة مَنْ تقوم بتخريج هذه الشجيرات المهزوزة المهزومة، ألتثبت لنفسك أنك أفضل منها؟ لا تملك لها إلا التصغير والتعقيد.

هذه الشجيرات.. أمانة ستسأل عنها وتحاسب بكل حرف نقشته على صفحاتها البريئة.

فَعُدْ لصوابك قبل فوات الأوان واسأل نفسك السؤال الذي أسألك إياه الآن.. علك تجد جواباً يقنعك ويقنع من حولك... «لماذا يا أبي»؟

الفهرس

1- قيم عربية 9

2- زوجة أبي 13

3- حاولت قتل ابنتي 17

4- رسالة إلى أبي 21

5 - حلم العودة 25

6 - الأشجار تموت واقفة 31

7- أمام المخبز 39

8- دلال 43

9- حوار مع أمي 49

10- صوت جميل 53

11-جبال راسيات 59

12- يوم غائم 69

13- عتاب مع التحية 73